文芸社セレクション

笑顔の風景

北 星吾

KITA Seigo

JN107007

文芸社

茂が三歳の時にこんなことがあった。祖母が大切に育てていた茄子のヘタの部分を全部取ってしまったのだ。そして祖母の所に行って、目をぱちくりさせながら言ったそうだ。

「おばあちゃん、茄子が大きくなったから、早く見にきて」

畑に行ってみると全ての茄子のヘタの部分が取ってある。

そう言われれば、ヘタを取ったのだから、子供の目には茄子が少し大きく見えたのかも知れない。祖母はいつも茄子畑を見て、茂の前で（早く茄子が大きくなると良いね、大きくなると良いね）と言っていたものだから、叱るにも叱れない。茂が大人になっても語り草として残っている。

子供の頃は、幼稚園もなく、祖父母によく遊んでもらっていた覚えがある。

秋になると掘りゴタツに入れる炭焼きに、一緒に連れていってもらった。

家から三キロメートルくらい離れた山のふもとに炭焼釜が造ってあり、小学校高学年くらいになると、半人前の手伝いは出来、祖父が切り出した木を釜まで運んだり、釜の中に木を入れる手伝いをするのである。

お弁当を持って出かけ、お昼になっても家には帰らない。

お昼近くになると祖母が、簡単なかまどの上にやかんを吊りお茶を沸かす。炭釜の近くに祖母が植えておいたのか、お茶の木が植わっていて、祖母はお茶の葉を適当に取ってきてやかんに入れて煮たてる。シンプルなお茶であるが、結構美味しい。

お弁当を食べ終えると、空の弁当箱を持って祖父が、野いちごを摘みに連れていってくれる。野いちごを摘んでは、弁当箱に入れたり食べたりして、茂はおおはしゃぎである。

弁当箱に入れた野いちごを家に持って帰り妹にも分けてやり一緒に食べる。妹は、野いちごを持って帰ってもらうのを楽しみにしていて大喜びである。

秋、みかんが実る十一月頃になると、畑の隅に植わっているみかんの木にメジロがやってきて群がっている。

近くの山にモチノキがあるので、モチノキの木の皮を剥いできて、一ヶ月位、水につけておくと木の皮が腐りかけていて、それを金槌でたたいて、鳥モチを作るのである。茂は鳥モチでメジロを捕えて二羽飼っていた。

メジロの餌はすり餌で、毎朝作って取り替えてやらなければならない。白菜の葉、大根の葉、等の野菜と、きな粉と原米粉を一緒にすり鉢ですり餌にしてあたえる。メジロは綺麗ずきで、時々水あびもさせてやらなければならない。

二羽の雄のメジロを離れた所に置いておくと、お互いに競うように鳴き合うので、きれいな甲高いさえずる声を聞くことが出来る。

(甲高い声でさえずるのは、雄だけで、雌はチィーと一声だけしか鳴かない。雄は自分のエリアの縄張りを競っているのである)

茂は中学生になって、メジロを山に返してやった。その時の心情は、親友と別れた様でとっても寂しく涙がしばらく止まらなかった。

毎年、春になってメジロの甲高いさえずり声を聞くと子供の頃を思い出す。

中学校の思い出は省かせてもらい、高校生活を少し紹介しよう。

山口県立城北高等学校に入学した。茂の家から城北高校までは、片道約二時間の通学時間である。朝は毎日四時半に起きて、朝食を摂り身支度を整えて、五時三十分発のバスに三十分乗り、JR江崎駅に着く。江崎駅発、六時十分の汽車に乗り、約一時間二十分、萩市玉江駅で降りて徒歩二十分位で、高校には、八時少し前に着く。

帰路も、学校を十五時位に出れば、家には十七時三十分位には帰り着く。その様な連続の毎日である。今になって思えば、高校三年間の通学は大変なものであったが、通学時の友達も沢山出来たし、本人にしてみれば、そんなに苦にはならなかったが、母は大変であったろうと思う。毎日四時頃起き出して、茂の朝食、弁当作りと……。

高校卒業時には皆勤賞をもらった。父と母に皆勤賞状を見せると、目には涙が光っていたのを今でも覚えている。

江崎駅の手前の中組と呼ばれているバス停から乗り込んでくる人の中に、京香の姿があった。京香は茂よりも一年、年下である。茂の同級生の紹介で、京香とつき合いが始まったのは、茂が高校三年生の夏休みに、菊ヶ浜海岸に一緒に海水浴に出かけた時からである。

城北高校の北側約五〇〇メートル位の位置に菊ヶ浜海岸があり、夏場は海水浴客で賑わっている。

高校の体育の時間には、この菊ヶ浜海岸をよく走らされたものである。学校から出発して往復すれば、二十分位かかるので、授業の前の準備運動に丁度よい。

菊ヶ浜は萩城跡の周りに広がっていて、橋本川を挟んで、萩城の外堀ともつながっている。

当日はとってもお天気も良く、海水浴客も多く、家族連れ、若いカップル、中、高生の姿も見かけられた。

二〇〇年以上も経っているかと思われる松の木が数本植わっていて、その松の木の木陰にレジャーシートを敷いて陣取り、お弁当を頂く事にした。

京香の手造りのおにぎり弁当である。弁当箱には、おむすび四個と、卵焼き、ウィンナー、蒲鉾、茄子の漬物が入っていて、二人で半分ずつ分けて頂く事にした。早目に起き出して作ったのだと言う。普段の弁当の倍の量のおにぎりや、卵焼を作っている所を母に見つかり、

「そんなに沢山のおにぎりを」

と言われたので、

「今日は友達と海水浴に行くから、友達の分までも」

と言ってきたと……。

真夏の強い日差しで、体全体、真黒に日焼けしてしまったが、高校生の二人は、そんな事はあまり気にならない。

茂の高校生活も残り三ヶ月。お正月には、一緒に津和野太皷谷稲成神社にお参りした。

山陰の小京都と呼ばれている津和野は、島根県西部にあり、山口県と県境を接する小さな城下町で、森鷗外記念館、安野光雅美術館がある。

茂は、大学受験を控えて合格祈願をした。彼女も同じ様に、茂の大学合格祈願と健康を祈ったと言ってくれた。

　茂は希望の大学に受かり、春には福岡へと旅立っていった。

　同じ年の夏、京香の父が急に亡くなり、京香は翌年、大学進学を諦め、大阪の高等看護学校に進学する事になり、二人は距離的に遠く離れてしまい、交際はその時点では中途半端な終わり方であった。

ただ一つ、京香が大学入学御祝いにプレゼントしてくれたSHEAFFERの万年筆は、今日でも大切に使っていて、この小説もその万年筆で書いている。

茂は、大学一、二年生の時には、二十人位の下宿（寮）に住んで学校に通っていた。

寮は地元の農家の夫婦の方が経営しておられ、入学時に寮に入ったのは、一年生は三人だった。夕食時に歓迎会があり、寮長（四年生、法学部の先輩、姫野広志）の簡単な挨拶があった。

茂は、山口県萩市の出身で、高林茂だと名乗った。歓迎会が始まり、姫野先

輩にお酒を勧められたが、自分はまだ未成年ですからと言って断わると、
「そげんこと、言わんと、今日は入寮祝いの歓迎会だから一杯飲め」
と言われ、チョコ一杯だけのお酒を飲み、あとは、ジュースとコーラを飲んでいた。
姫野先輩も、無理矢理にはお酒を勧めてこなかった。
少し酔いが回ってきたのか、姫野先輩が、いきなり大きな声で歌い始めた。
(ここは九州の博多の町よー
博多の町なら大学は福南
福南大学の学生さんは、度胸ひとつの男だぜー
度胸一つで博多の町を歩いていきますー
紋付、はかまー
紋付はかま～は福南の育ちー
ぼーろは着てても心は錦ー
ぼーろはおいらの旗じるしー

どーんな事にも負けはせ～ぬー）
「おーい高林、この歌良く覚えて、後輩に歌ってやれ」
「ハイ」
（どーんな事にも負けはせぬがー
可愛いあの娘にゃあかなわないー
可愛いあの娘はいーつでも拾てるー
母校福南の為ならいつでも拾てるー
前からこいこい、後からこいー）
少し変な感じだが、節も気に入って、良く出来ている歌だなあ、と感心した。
「おい高林、終わったらおいの部屋にこい」
「ハイ」
先輩の部屋に入ると、空手着と学生服が掛けてある。本棚もあって、専攻科目の民法、商法、刑法の教科書等も数冊並んでいる。
今までの先輩や、単位を取った連中が、ここに置いていった教科書だと言う。

「お前も履修届出すんだろう。同じ教授の教科書だったら貸してやるから持っていけ。専門書は高いから助かるバイ」

「ハイ、有難うございます」

話はもう一つあった。

「高林、お前は空手向きの顔をしているからおいの弟子になれ」

と言う。空手なんてやった事がなくて、ためらっていると……

「早速明日から入部しろ。おいが一緒に行って、おいの一番弟子だからって頼んでやるから心配なかたい」

「ハイ、宜しくお願い致します」

恐る、恐る空手部に入部したが、姫野先輩の言葉が効いているのか、空手部の先輩の皆さん、優しく接してくれて、茂が心配する程の事ではなかった。

寮の庭に、高さ一・五メートル、幅二十センチ、厚さ三センチ位で、上側には縄が十五センチ位巻きつけてある板が埋め込んである。

姫野先輩は、朝六時に必ず、空手着を着て素足で空手の練習を始める。この

空手練習用の板を、相手に見たてて、正拳突きや、足げりをくり返している。側に行って見ていると、

「おい高林、お前も空手着に着がえてこい」

「ハイ、着がえてきます」

「まずは正拳突きだ」

と言って正拳突きをくりかえし教えてくれる。拳を出したり、足げりをした時に体の芯がぶれてはいけない。芯がぶれると、体がのけぞって、バランスを崩し、力が分散してしまう。

「コマと一緒だ。おいの正拳突きをよく見ておけ」

「ハイ」

「空手でも、何でも上手な人の形を見ることも大切だからな」

「ハイ」

「高林、お前は体に力が入り過ぎ、力が入るから肩が上がる。拳を出す時は必ず、パーンと言って、息を吐け、野球、剣道、ゴルフも全て一緒、剣道も剣を

振り下ろす時は、息を吐いている。息を吐け、人間の体は息を吐けば、勝手に体が息を吸ってくれる」

「ハイ」

先輩の両手のこぶしの拳はつぶれて色が変わっている。

先輩は、何かにつけて頼み事があると、茂に言いつけてくる。

茂《しげ》、肩を揉め、ラーメンを買ってこい。空手着を洗っておけ。

時には、明日の朝、パチンコの十三番と二十八番の台を取っておけと言って、タバコの箱や、マッチ箱を渡す。そのタバコの箱を開店と同時に言われた番号のパチンコ台の玉が出る所に置いて、台取りをするのである。

しばらくすると、先輩がやってきて、パチンコを始める。

「茂、ありがとう。今から学校に行け」

と言う。

先輩もパチンコに勝った時には、景品のお菓子や、ラーメンとか持って帰ってきてくれるので、それ程パチンコの台取りも、いやではなかった。

姫野先輩は、夏以外は、ほとんど学生服とジーパンで通学している。時々、下駄も履いていく。

学内を一緒に歩いていると、学生服姿の応援団の部員が、姫野先輩を見つけて、

「オース」

と大きな声で頭を下げて挨拶してくる。

先輩も、

「オース」

と言って右手をあげる。

先輩が卒業式の二週間位前に、

「茂、おいの黒帯と学生服をやるから取っておけ」

と言う。

「先輩、私はまだ空手は黒帯ではないのに、黒帯付けてもいいのですか?」

「茂、お前は挨拶と笑顔がいいから、おいが笑顔初段を授ける。黒帯付けて、

笑顔に磨きをかけろ」

「ありがとうございます」

茂も先輩の笑顔初段って言葉にはビックリで、すごく嬉しかった。

「お前にはいろいろ言いつけたが、ほんのこつ一番世話になったな。ありがとう。又いつか一献酌み交わそう」

「先輩、こちらこそ、可愛いがっていただき有難うございました」

先輩の、ありがとうの言葉には、茂も目頭が熱くなり涙が出てきた。

姫野先輩は、佐賀県警に就職が決まり、卒業していった。

茂も三年間、空手部に入って頑張っていたが、四年生になってから、就職活動やバイトが忙しく空手部を辞めてしまった。

しかしこの三年間で空手道から学んだことは、その後の茂の人生にも大きく役立っている。

（何事においても相手に対して、きちんと挨拶が出来、礼儀、礼節、思いやりの心、そうして、何よりも大切なことは、身体や心が弱い方に出会った時に、その人の手助けが出来る人間になることではないかと……）

空手道で学んだ心の技を毎日の生活の場で役立てなくてはと思っている。

今でも姫野先輩の黒帯と学生服は茂の部屋に大切に飾ってある。

茂は大学卒業後、スーパー業界に就職し、店長、バイヤーの職務に携わり、職場で知り合った女性と結婚したのだが、長女六歳、次女が三歳の時、離婚することになり、二人の娘は、茂が育てることになった。

離婚して一人になった時には、どうしようもなくつらい日々が続き、自殺を考えた事もあった。離婚して一年が過ぎた頃の三月三日のひな祭りが近い日、

「お父さん、おひな様の日に、おひな様飾って。友達は、ひな段付きのおひな様、買ってもらったって」

「おひな祭りには、素敵なおひな様、飾ってあげるから楽しみに待っていなさい」

二人の娘は三月三日のひな祭りの日を楽しみにしていた。当日、茂が子供の時に買ってもらった五月人形を飾り、娘二人と一緒にカレーとサラダを作る。

ダッチオーブンで、ドライフルーツケーキを焼くことにした。石油ストーブの上に、ダッチオーブンを置いて四十分位するとケーキは焼ける。

ケーキが焼ける間に、

「お風呂に入っておいで」

「ハーイ」

娘二人がお風呂から上がってくると、母に手伝ってもらって、鏡の前で、娘二人に薄化粧をして、口紅を少し濃い目につけた。

娘達も初めは、とまどって恥ずかしそうにしていたが、嬉しそうである。二人のかわいいおひな様が出来上がった。

「ひな人形、買う事が出来なくてごめんね。こんなに可愛いおひな様が二人いるから、お父さん嬉しいよ」

「うん。お父さん大丈夫。おばあちゃん、お父さんありがとう」

茂は嬉し涙が止まらなくなった。二人の写真を撮っておいた。みんなでカレーやドライフルーツケーキを頂き、とっても思い出深いひな祭りとなった。

茂は、いつどこに行っても、この時の娘の写真を持ち歩いて、悲しさ、せつなさ、胸にしみる苦しさがこみ上げてくると、涙の中に二人の娘の顔が写っていた。

この様な思い出もある。次女が小学校三年生の遠足の時の事である。

「お父さん、明日は遠足なの。お弁当作って」

「そうだったね。忘れていた」

翌朝、茂は早めに起きて弁当を作る。簡単なわかめむすび二個と、卵焼きを六個分つめ込んだ。

「お父さん、お弁当ありがとう。行って来ます」

「気をつけて行っておいで」

三年生の遠足は、萩城跡の見学と菊ヶ浜で弁当を食べることになっている。

次女は弁当を開けてみる。おむすび二個と卵焼きがいっぱい入っている。

友達が卵焼きを見つけて、

「智ちゃん（次女）の卵焼き美味しそう。蒲鉾と交換して」

「いいよ。交換しよう」

先生も、

「智ちゃん、リンゴとハムあげる」

「ありがとう」

他の友達も、

「バナナ半分あげる」

「お菓子あげる」

「卵焼きちょうだい。ウインナーあげる」

先生や友達とのおかずの交換で、次女のお弁当もにぎやかになった。

「お父さん、お弁当の時、友達と卵焼き、交換して、いろんな物いっぱいもらっちゃったよ」

「良かったね」

と言ったが、母親がいなくて、まともなお弁当を作ってやれない切なさで、茂は涙ぐんで言葉が出ない。

デスクの上に飾ってある、娘の笑顔の写真にありがとうって言葉をかけ、毎日スマイルパワーをもらっている。

今は、二人の娘も嫁いで、子供も出来て幸せに暮らしている。

離婚を期にスーパーを辞め、茂は生まれ故郷、萩にUターンし、約半年間近くは、仕事が手つかずの状態でブラブラしていたが、地元の自動車学校に採用され、技能学科の指導員として頑張っていた。

今日までの職場、社会、家庭で自分自身が身に付けた大切なことの一つは、茂の直ぐ近くにいる近所の方、会社の同僚、お客様、友達、父母、祖父母、子供、毎日顔を合わせる人に、明るく、さわやか、いつも笑顔で接することが、相手に対する最高の応対だと確信する様になり、今日も茂は、笑顔だけはだれにも負けない自分であろうと思っている。

仕事が休みの時は旅行が大好きで、車や電車で一人でよく出かける。旅行好きが転じて、旅行業の資格にチャレンジ、国内旅行業務取扱管理者の試験に合格した。

その後、自動車学校の指導員を辞めて、旅行業のイロハも分からないままに、旅行会社を設立して、今日に至り、二十数年になる。今日までこうして、旅行業を営業してこれたのは、茂の誠実さと、仕事に対する情熱と、何よりも自分らしくあることだと思っている。

二〇一五年の夏、城北高校の同期会が開催され茂も出席した。

高校時の同級生は、一学年、約五〇〇人近くの人数だが、同期会参加人数は、わずか二十人位だった。

その中の一人に高校三年間、ずーと汽車通学で、親友の浴町勇さんの顔があった。彼とも久しぶりの再会で、話していたのだが、

「高校の時、つき合っていた彼女、その後どうした」

「大学の時も少しつき合っていたが、彼女も大阪で結婚したって聞いてからは、会ってないよ」

「そう言っていたけど、彼女も数年前に離婚して、今は宇部の病院に勤めているって聞いたよ」

「そうなんだ、それは知らなかった。もう一度、再アタックしてみようか」

「そうしてみたら。フェイスブックで、萩出身・城北高卒で捜してみては」

「そうだね。やってみるよ」

茂もフェイスブックや、ラインはしているので、早速フェイスブックで捜してみると、森京香の名前で出ていて、名字は変わっている。彼女に間違いないと思い、友達申請すると（ＯＫ）の返事が返ってきた。たぶん、茂の事は直ぐに分かったのだろう。

まさか四十数年近く、会話もしていなかった、高校時の彼女と、フェイスブックでつながるとは偶然的な必然な出会いとなった。

その日から一日、二、三回のメールのやり取りが始った。

翌年の二月、京香から、二泊三日の研修会が東京であり、土曜日に十四時五十分着の便で、宇部に帰ってくる。その日は時間が取れるから、ビジネスホテルに一緒に泊まっても良いよ。というメールが入ってきた。

茂も仕事は入っていなかったし、会いたい一心で宇部市内のホテルで待ち合わせをすることにした。

ホテルのチェックインタイムは十五時からで、三十分位前に着く様に、車で出発した。ホテルにはチェックインタイムの少し前に着いて、フロントでチェクインの手続きを済ませると、もう部屋の清掃は終わっているので、入室してもOKだと言われ、そのまま入室した。

歩いて五分位の所にコンビニが有り、缶ビール一本とおつまみを買ってきて部屋で飲んでいると、京香からメールが入る。(今ホテルの駐車場に着いたよ）あわてて部屋から降りて駐車場に迎えにいく。

二人の四十数年ぶりの劇的な対面には、言葉はいらなかった。お互いに自然と抱き合い、何か映画のシーンでも見ている様な再会であった。茂の目には涙が光っていた。

「こんな素敵な再会もあるんだね。ありがとう京香さん」

「いいえ、こちらこそ。フェイスブックの友達申請見つけた時には、本当にびっくりしました」

「後でゆっくり話そうね。空港から早かったね」

「そう。途中、道混んでなかったから」

「夕食には少し早いけど何か食べる？」

「そうだね、近くにファミリーレストランがあるからそこでもいい？」

「いいよ。帰りにビール買ってきて、再会の乾杯をしよう」

「そうしましょう」

　ファミリーレストランは、車で十分位の所にあるということで、そのまま京香の車に乗り込んで出かけた。土曜日のせいか、若い女性グループ、中、高校生も多く、七割位の席は埋まっている。

　茂は、なべ焼きうどん定食を、京香は、カキフライ定食を注文した。

　こういったファミリーレストランのメニューは、レンジで調理すればいいのかほとんど十分以内には料理が運ばれてくる。

「東京での研修はどうでしたか？」

「そうね、研修はおもしろかったけど、人の多さと、何かしらせわしなくて、疲れちゃった」

「今夜はホテルの温泉でゆっくりするといいよ」

「そうね。ありがとう」

今日の宿泊のホテルは、ビジネスホテルではあるが、一階が男女別の大浴場になっていて、午後五～十一時、午前六～九時まで入れる様になっている。大きなお風呂なのでゆっくり出来そうである。

ホテルに帰る前にスーパーマーケットに寄って、焼酎、ビール、つまみ、京香がケーキが食べたいと言うので、パン屋さんのショートケーキ二個を買ってホテルに帰った。

ホテルの部屋で数十年ぶりの再会を祝いビールで乾杯した。

茂は、大学時以降初めての再会であったが、今までもずーと恋人同士であったかの様に感じた。

京香は二人の子供が中学の時に離婚し、その後の苦労話や、色々と大変だった事を話してくれた。それを機に、親元に帰ってきたのであるが、萩には当時、看護職の募集がなく、宇部の病院に採用され、大阪の病院を退職した時の退職金で、宇部の郊外に小さなログハウスを建てて暮らしていること等、話してくれた。

茂は日頃から書き留めている詩があるので京香に見てもらう事にした。いつの日か、詩と風景を一冊にした詩集を出してみたいと思っている。

（二人の思い）
君と二人の素敵な思い出をカバン一杯につめて、夜空に旅立つの
そしてあの星に一つずつ置いていくの
二人でいつまでも輝いていたいから。
あの雲の上にはきっと素敵な青空が広がっているよ。二人の思い出を教えてあげよう。
風の香りに運んで、君といつまでも輝いていたいから。
君の瞳にきっといつかは、素敵な光を輝かせてみせるよ。

教えてあげよう二人の愛を。
星の光に運んで、君といつまでも輝いていたいから。

（冬しらず）
私の事は、誰もみむきはしないわ。小さな小さな花ですもの。
でもあなたにだけは、見つけてほしいの。
今日もあなたを待っています。
冬の小さな日差しに精一杯咲いています。
小さな花ですもの。
誰も知らない私でも、二人の夢をあなたと一緒にみつけたい。

（萩の思い出）
あなたと歩いた菊ヶ浜。今も景色が浮かんで来ます。二人の足跡がどこまでも続いていましたね。

変わらないのは、私の心でしょうか。

あなたと歩いた城下町、今はもう遠い日の思い出。二人で歩いた街並もすっかり変わったわ。

変わらないのは、あなたの心でしょうか。

あなたと歩いた監場川、二人の笑顔が浮かびます。夏みかんの花の香りが、初恋の風を運んできてくれます。

変わらないのは、二人の心でしょうか。


「茂ちゃん、意外といけそうね。何かに応募してみたら」

「ありがとう」

人生、後半こんなチャンスが訪れようとは。この再会を機に、今日からスタートで、残りの人生を京香と一緒に作りあげようと思っている。

三月に入り少し暖かくなり始めた頃、昼休みの時間帯に、ラインの電話が鳴った。スマホにタッチして電話を取ると、京香が、

「茂ちゃん、今少し電話大丈夫」

「大丈夫だよ」

「三月十九、二十日の土日だけど空いてる。一泊だけど、ハウステンボスに行ってみない?」

「空いているよ。ハウステンボス。何かイベントやっているの」

「ピカソと二十世紀フランス絵画展やっているの」

「そうなんだ、泊りは嬉野温泉でいいの」

「どこでもいいよ」

「じゃあホテル予約しておくね」

「ハーイまかせます」

「OK」

ホテルを予約しておくと言ったものの、三月十九日は土曜日、春休みの期間中になっている。パソコンで嬉野温泉のホテルの空き状況を見てみるが、どこのホテルも旅館も全て満である。

そうだ。旅行の仕事で、以前お客様をよく入れていて、女将さんや支配人を知っている旅館があるので電話してみよう。

山口旅館に電話するとフロントが出たので、

「白石支配人をお願いします」

「どちら様でしょうか」

「高林と申します」

「少々お待ち下さいませ」

すぐ支配人に代わった。

「高林です。白石支配人さん、お久しぶりです」

「高林さん、しばらく顔見ていないですが、お元気ですか?」

「ハイ。元気で旅行業頑張っていますよ。実は支配人さんお願いがあるのですが、三月十九日（土）一泊しようと思っているのですが、一部屋用意出来ませんでしょうか」

「高林さんが、お泊まりになるのですか」

「ハイ。彼女と二人です」

「十九日は満室ですが、高林さん何とかしましょう」

「支配人さん、ご無理言ってすみません」

「久しぶりに高林さんの顔みたいから」

「ありがとうございます。支配人さん、恩にきます」

やっとのことでホテルが予約出来、ひと安心である。京香にホテルの予約が取れたとメールしておいた。

二週間先に会う約束をしているが、会うまで待ち遠しい。ラインで朝夕やり取りしたり、今までスマホに保存している京香の笑顔の写真を見たりしている。

「京ちゃん、おはよう」

「おはよう、茂ちゃん」

「今日も、明るく、さわやか、笑顔で頑張ってね」

「うん、早く茂ちゃんの顔みたいな」

「はーい、私も」

京香のメールには、時々絵文字も入る。

再会してからも、京香の心、愛にも少しは不安を感じていたのだが、離れていてもメールのやり取りで、お互いの心も通じ合ったと思う様になり、不安もなくなっていった。とはいっても、やはり会えるまでの日々は、早く会いたい気持で一杯である。

そんな思いをすることが、愛をはぐくみ京香を愛する心を育てていくのかも知れない。つらい時は、愛する心を育てて、少しでも大きくしておこう。そう思うことにしている。

当日は宇部駅で、十時に待ち合わせることにした。萩から宇部まで車で約一時間三十分で、丁度良い時間帯である。京香は太宰府天満宮にお参りしてみたいと言う。茂も途中、大学の先輩の所に寄ってみたいと思う。京香にその事を伝えると、先輩の顔、見てみたいから寄ってもいいよと言ってくれる。

前日、先輩の実家に電話してみると、お母さんが出られて、今は武雄署の生活安全課に勤務しているが、夜勤もあるから、丁度その時間に署にいるか分からないと言われ、先輩の携帯電話の番号を教えていただいた。

宇部駅には五分位遅れて着いた。京香に、

「待った」

「うん十分位、大丈夫」

「待たせてごめんなさい」

宇部から、中国、九州道に乗り換えて、太宰府インターで降りた。京香は太宰府天満宮は、中学校の修学旅行以来、訪れていなくてほとんど覚えていないと言う。

参道の両脇には、お土産店が沢山並んでいて、呼び込みの声をかけてくる。中国、韓国、東南アジアの多国人観光客が多く見うけられる。

二人で一緒に参拝した。

「茂ちゃん、太宰府天満宮は梅が有名よね」

「そう菅原道真さんの飛梅がよく知られているね。この梅の木がそうだよ」

大きな梅の木が植わっている。

（東風吹かば　匂い起こせよ　梅の花　あるじなしとて　春なわすれそ）

道真さんに、小さい頃から可愛がられていた梅の木が、一夜のうちに道真さんの元に飛んできたと伝えられている。

「また梅の花の季節に来てみたい」

「いいね。来年の二月頃楽しみにしているよ」

京香は帰りに、お土産店で扇子とハンカチを買った。ハンカチは茂用で、

「ハイ茂ちゃんハンカチ」

「ありがとう」

ハンカチは自転車の絵柄が付いたものだった。

大宰府インターから九州自動車道に乗って、鳥栖ジャンクションで長崎自動車道に入る。鳥栖ジャンクションは、九州自動車道、大分自動車道、長崎自動車道と三方向に別れている。

高速道路が開通した当初は、目的の行き先とは別の自動車道に間違って入ってくる車が多く、今は自動車道別に色分けしてあって、分かりやすくなってい

る。

武雄北インターで降りて、武雄警察署を訪ねた。

「姫野広志さんにお会いしたいのですが」

「姫野警部ですか？　警部は今出かけていますが、どんな御用件でしょうか？」

「姫野さんは、学生の時の先輩です」

「そうですか、まもなく帰ると思います」

「嬉野温泉に来たもので、立ち寄りました」

「分かりました。こちらにどうぞ」

奥の応接室に案内してもらった。十分位すると、大きな話し声が聞こえる。先輩が帰ってきたのだ。

「オー、高林。久しぶりじゃのう、元気だったか」

「ハイ。姫野先輩もお元気そうで」

二人が抱き合って、喜ぶ姿に京香は少しびっくりしている。久し振りに会って感激したのか、茂の目には涙が浮かんでいる様にみえる。

「今日は奥さんと一緒か？」

「ハイ、そうです」

少してれくさそうに答えた。

「べっぴんさんは、どこで見つけたとね」

「ハイ、萩の地元で」

京香を紹介する。

「初めまして、京香です。よろしくお願いいたします」

「高林は学生の時、おいの一番弟子じゃった」

「姫野さんの事、入学した時に可愛がっていただいたってお聞きしています」

「高林。おいがここにおるの、よう分かったのー」

「ハイ、昨日、先輩の実家に電話して、お母さんに教えて頂きました」

「そげんとね」

「先輩に頂いた、黒帯と学生服大切に持っています」

「ほんのこつ、お前も、真っ直ぐ、真剣、いつも笑顔の男よのー。顔も若う見えるバイ」

「有難うございます」

「おいの名刺や」

「ハイ。有難うございます」

先輩の名刺を受け取った。

佐賀県武雄警察署　生活安全課
　警部　　姫　野　広　志

勤務先の住所、電話番号、ホームページが記してある。茂の名刺も渡した。

「おいも、もうすぐ定年で、若い時の様に体がついていかん」

「先輩まだ若いですよ。頑張って下さい」

先輩の頭は、少しはげあがって、髪も少なくなっている。学生時の話も語り
……帰りぎわに、茂の好きな、さしみ醤油とお酒を渡した。

「これ萩の美味しいお酒です。燗でも、冷でも大丈夫です」

「すまんのー。ありがとう」

「さしみ醤油も美味しいですよ」

「今夜は、どこに泊るとね」

「嬉野温泉の山口旅館です」

「そうね。おいの同級生で有田焼の窯元やっとるのがおらすけん、後で有田焼の夫婦茶碗届けさせとく。使ってくれ」

「有難うございます」

先輩の元気な顔を見て、学生時代に戻った様で嬉しかった。先輩も喜んでくれて、訪ねて良かったと思った。京香が、茂ちゃん、先輩と会った時の顔、凄く嬉しそうだったよ。男の友情、見ちゃった。って言ってくれる。

旅館まで三十分位の距離だったので、途中から旅館に電話した。

「五時過ぎに着くと思います」

「お待ちしています。道中お気をつけてお越し下さい」

丁度五時に旅館に着いた。

支配人が、

「高林さん、いらっしゃいませ。久しぶりです。お元気そうで」

「白石支配人さんも、お元気そうで、今日はお世話になります」

フロントの方も丁重に迎えてくれる。

支配人が直接部屋に案内してくれる。部屋は離れになっていて、庭の中を歩いていく。

部屋に入って、びっくりした。大きな十二帖の部屋と、別に洋室が付いていて、広縁、部屋の奥側には露天風呂も付いている。

「高林さんの為に、今日はこの部屋を用意しました」

「支配人さん、素敵なお部屋、有難うございます」

「何か、御用がございましたら、フロントに電話して下さい」

「ハイ」

これ萩のお土産ですと、支配人に蒲鉾と、さしみ醤油を渡した。

茂も添乗の時とか、客として泊まることもあるのだが、こんな豪華な部屋は初めてである。

「茂ちゃん、こんな素敵な部屋初めてよ」

「そう、僕も。特別室かもね?」

二人共嬉しそうである。しばらくしてフロントから電話がある。

「高林さん、お客様です。フロントまでお越し下さい」

「ハイ」

フロントに行ってみると窯元さんから、有田焼が届いたのである。

「これ姫野さんからのお届け物です」

「有難うございます。姫野さんに宜しくお伝え下さいませ」

「畏まりました。お伝えしておきます」

早速、箱を開けてみた。派手な絵柄の花模様がほどこしてある夫婦茶碗である。裏に、萩野真流作と名前が入っている。京香も手にとってみる。

「有田焼って高いでしょう」

「これは高いかもね」

「茂ちゃん、学生時代に良い先輩と出会って良かったね」

「そうだね。京ちゃんともね」

「うん」

「大切に使おうね」

「そうね、素敵な記念品ですものね」

夕食は小さな部屋に用意してあった。山桃酒の乾杯酒が付いていたので、山桃酒で乾杯した。

「京ちゃん、今日はありがとう。乾杯ー」

「茂ちゃんおつかれ様、乾杯ー」

和食と中華を合わせた、豪華な夕食である。食事をしていると、仲居さんが茂に少し小さな声で耳うちしてくる。

「若女将が、挨拶に伺ってもよろしいでしょうかって、京ちゃん大丈夫よね」

「大丈夫よ」

大丈夫ですよって答えたら十分もしないうちに部屋がノックされる。

「こんばんは、失礼します」

「どうぞ」

「初めまして、山口旅館の若女将です。今日は嬉野温泉、当館にお越し下さいまして、誠に有難うございます」

丁寧に頭を下げる。

「若女将さんですね。お母さんに似て、べっぴんさんですね。お母さんはよく存じていますよ。お母さんはお元気ですか？」

「有り難うございます。母は元気で頑張っていますが、昨日から、九州、四国ブロック女将研修で、松山に出かけています」

「帰られましたら、宜しくお伝え下さいませ。今日は、素敵なお部屋をありがとうございます」

「どういたしまして、どうぞごゆっくりお過ごし下さいませ」

「丁寧なご挨拶ありがとうございます」

「おやすみなさいませ」

「おやすみなさい」

ありきたりの言葉ではあるが、若女将の挨拶に京香も感心している。

膳の料理が食べ切れなくて残っている。茂は半分も食べていない。仲居さんが、

「残された分、後でお部屋に、お持ちしておきましょうか」

と尋ねる。

「もう十分頂きました。大丈夫ですよ」

と答える。

夕食が終わって部屋に帰ると、布団が二つ並べて敷いてある。

「露天風呂に一緒に入ろうか？」

「そうね」

茂が先に入っていると、京香が入ってきた。恥ずかしそうにしている。お風呂の外には庭園が広がっていて、黄梅が咲いている。

こうしてお風呂に入ってゆっくりしている時、（旅はいいなあー、旅行業の仕事していて良かった）とつくづく思う。

お風呂の中で、京香に後ろから抱きついた。京香もされるままにしている。

二人共、少しのぼせてしまって、顔や肌が赤く染まっている。風呂からあがり、冷蔵庫からビールを取り出し、二人でビール一本飲んだ。

「ビール美味しいね」

「二人で一緒に飲むビールは一段と美味しいね」

「茂ちゃんありがとう。今日は楽しかった」

「こちらこそ、ありがとう。二人一緒だと楽しいね」

京香は、鏡の前で顔の手入れをしていたが、洋室のベッドの上で横になっている。

茂も残りのビールを飲んでから、ベッドに横になり、京香を抱きしめる。

「ギューして」

と京香が言う。ギューと抱きしめて、京香の体全体に口づけをする。京香も燃えているのがよく分かる。時々大きな声を出す。

京香の顔は、何と表現したら良いのだろう。目をつむっているが、恋人と一緒の素敵な夢でも見ているのか、やすらかな、やさしい顔をしている。まぶたの上にそっと口づけした。

翌日、朝食を終えて、フロントでチェックアウトし、フロントの方に玄関前で、二人一緒の写真を撮ってもらった。

出発する前に、支配人にお礼を言おうと思い、支配人さんを呼んでいただけませんか、と言うと、支配人は十時出勤ですよ、でも高林さんにメモを預っています。と言われ渡される。

(高林さん、素敵な奥様ですね。お仕事頑張って下さいませ。今後共、山口旅館をごひいきの程宜しくお願いいたします。白石)

と書かれてあった。

「支配人さんに宜しくお伝え下さいませ」

「ありがとうございました。お気をつけていってらっしゃいませ」

若女将とフロントの方が見送ってくれ、いつまでも手を振っている。

ホテルを八時三十分に出発した。車の中で京香が、

「茂ちゃん、昨夜のお部屋、新婚さん用の特別室よね」

「そうだね。そんな感じだった。良かったね」

二人は顔を見合わせてVサインをした。

ハウステンボス（Ｈｕｉｓ　Ｔｅｎ　Ｂｏｓｃｈ．オランダ語）

十七世紀のオランダの街並みを再現し、テーマはヨーロッパ全体である。単独のテーマパークとしては日本最大で、東京ディズニーリゾートの一・五倍の敷地面積がある。

ドラマ、映画、ＣＭなどのロケ地としてもよく使われていて、佐世保市の町名にもなっている。

一年中、イベントで賑わっていて、外国人旅行客にも人気のテーマパークである。

駐車場に車を入れて、入場口に向かって歩いていると、何かバスに似ている

が、普通のバスとは違う乗り物が横を通り過ぎていく。

「茂ちゃん、あれ何の乗り物かしら」

「わからないね。初めて見たよ」

プラカードを持っている案内人の方に訪ねると、水陸両用車で、ホテルからのお客様を送迎しているって説明してくれる。そう言われれば、時々ニュース等でみる自衛隊の水陸両用車にどこか似ている。

京香は絵画展が目的だったので、一緒にピカソと二十世紀、フランス絵画展を見て回った。茂は京香が小さな声で話してくれる感想を聞く。

絵は全く分からないが、見る人の心に夢や心のおちつき、愛の気持ちを伝えているのではないかと思う。絵が希望を持って頑張ってねって呼びかけている。

お昼はホテルの最上階にあるレストランで摂る事にした。どの席からもハウステンボス町全体が良く見える。周囲の住宅も洋風建築で、風車も回っていたり、オランダを思わせる様な町並が広がっている。

「茂ちゃんいつかオランダに行ってみたい」

「いつか一緒に行こうね」

「約束ね。指切りげんまん」

「嘘ついたら針千本飲ーます」

京香と子供みたいに指切りげんまんをした。

海側を眺めていると、一隻のクルーザーが外海から帰って来たのか、ビットにロープでクルーザーをつないでいる。子供二人とお父さんと思われる人の姿が見える。リッチな方もいるものだなあー。

「京ちゃん、お金持ちだから、クルーザー買って」

「ダーメ。茂ちゃん筏作ったら、手伝ってあげるよ」

「そうだね。筏、一緒に作ろう」

二人は大笑いした。十四時にハウステンボスを出発し、途中、車の中でいろんな話をする。

「茂ちゃん、今までの旅行で一番思い出に残っているのはどこ」

「そうだねえ……やはり大学四年時の夏休みに親友三人での、日本一周旅行かなあー」

「日本一周したの」

「そう親友の兄の車借りて日本一周したよ」

「凄いね」

「その親友、森進一さんの大ファンでね。森進一さんの「港町ブルース」って知ってる？　歌詞に出てくる港町全部回ったよ」

「おもしろい計画ね」

「ＪＲの駅、車の中、野外キャンプ、小、中学校、公民館にも泊めてもらって、定年になったら、又一緒に九州旅行しようって言っているの」

「素敵な話ね」

「もう四十年位前の話だよ。あの頃は、どこの街もまだ観光化してなくて、素朴さが残っていて良かったな」

「そうね、昭和の心、また少しずつ取りもどさなくちゃー」

古賀サービスエリアに寄って京香が、お土産を買いに……、

「ハーイ茂ちゃん、明太子」

「ありがとう」

「おなかすいちゃったから、梅ヶ枝餅買ったからどうぞ」

「ありがとう。いただきます」

　連休だったが、高速道路はスムーズに流れている。

「茂ちゃん旅行の仕事いつまで続けるの？」

「そうだねえー、定年はないけど七十歳位まで元気で続けられるといいね」

「あのね、もし茂ちゃんさえ良かったら、旅行の仕事辞めたら宇部に来ない。ログハウスで一緒に暮らそう」

「本当に、夢のような話だね」

「そう、指切りげんまんしたオランダにも一緒に行ってみたい」

「ありがとう。仕事頑張って、旅行費用貯めておかなくちゃーあ」

　宇部駅に十七時半頃に着いた。

「茂ちゃん、帰り運転気をつけて。着いたらメールしてね。いろいろとありがとう」

「こちらこそありがとう。Ｓｅｅ　ｙｏｕ」

「Ｓｅｅ　ｙｏｕ」

茂が家に着いたのは、十九時を過ぎていた。京香にメールで、無事着いたよ。お休みなさいって入れておいた。

京香と再会して、二年七ヶ月が過ぎた。京香から沢山の事を学んだ。茂に対していつも精一杯の笑顔で、やさしい言葉をかけてくれた。

茂も京香に対してそうしただろうか?。

京香のおかげで、茂の心も最初京香に出会った時よりも数倍、優しい心に近づく事が出来たと思っている。

茂は京香の夢を見た。

小学校六年生の京香が絵本の中から飛び出してきて、

「茂ちゃんこんにちは」って可愛い笑顔でほほえみかけてくれる。

「京ちゃん、こんにちは。今朝、冬しらずの花が、道端に咲いていたよ」

「うん。もう直ぐ春がくるね。私、四月から中学生になるのよ。中学生になったら、スポーツクラブに入ってテニスするの」

「京ちゃん、運動神経いいから、テニスが似合うよ」

「ありがとう」

「一緒にテニスしようね」

「うん、一緒にしよう」

京香が、中学校のテニスコートで、ジャージ姿でテニスのラケットを振っている。顔は日焼して真黒になっている。ドンマイ、ワンボール、ナイスショトの叫び声が聞こえてくる。

子供の頃の思い出が波の様に現れて、波の様に消えていく。京香の打った白いボールがどこか遠くに飛んでいく。はっとして目覚めた。そんな夢を見た。

茂は子供心の会話がこれからも出来ればいいなと思う。心も、小、中学生の頃の純心なままで、いつまでもずーと京香に声をかけ続けていこう。こんなに優しい心と笑顔を、京香にもらったんだもの。

いつの日か、京香のログハウスで、ギターで「四季の歌」を一緒に歌いたい。
（きみのひとみはいつも、すずしくうそがない、そんなあなたといつも、あるいていたい。きみとあるいた、たびは、にどとわすれない。いつまでも、ぼくのこころにのこっているよ）

今の気持ちを京香にぶっつけていこう。人生生きるってことはそうすることなんだ。

寂しい時は京香にメールする。

「少し仕事が忙しくて、疲れ気味。京ちゃん元気してる」

「元気で仕事頑張っているよ。茂ちゃん少し頑張り過ぎ、肩の力抜いたら。いつも空手の時は、息を吐いて力を抜くんだって、言ってたじゃない」

「そうだった。いつも言っていたこと、忘れてたよ。力抜いて自然体でいこうね」

「そうよ。それが一番よ」

「もしも京ちゃんに出会っていなかったら、今の僕の素敵な心はなかったよ。

こんな心になるまで、僕の事、愛し続けていてくれてありがとう」

「何、言っているのよ。茂ちゃんそれは私が言う言葉。倍返しで返すから」

いつの日か、京香に、

「茂ちゃん、笑顔二段、合格おめでとう」って言われたい。

京香からもらった素敵な子供心と笑顔を、母に届けようと、萩の田舎に向かって車を走らせていると、海から海に虹がかかっているではないか。

虹を時々見かける事はあるが、海の上にかかっている虹を見るのは初めてで、それも二つの虹が合わさる様に出ている。

きっと今日は良い事があるかも知れない。スマホに撮っておこうと、道の駅の恋人の鐘の近くに車を止める。丁度、京香からメールが入る。

「茂ちゃん、栗とポポー収穫したよ。今からクール便で送るから、早目にめしあがれ」

「ありがとう」

何もなかったかの様に透き通った秋空に向かって秋アカネが二羽飛んでいる。

茂はおもわず海に向かって、大きな声で叫んだ。
「京香ありがとう」

終

あとがき

「笑顔で明日の素敵な自分を作りましょう」

笑顔はだれにでも作れる様で、だれにも作れるものではありません。人の顔にはその人の人生の全てが書いてあるのです。

三十代の人には三十代の顔が、六十代の人には六十代の顔が。何時も相手に対して笑顔で接してきた方の顔は、笑顔を作らなくても自然な笑顔がほころびます。相手に対して笑顔で接する事が最高のプレゼントなのです。笑顔のないお店には、もう二度と行きたくありませんし、何時もブスッとしている人には会いたくもありません。

私は思うのですが、お金も笑顔が大好きです。笑顔のある人の所にはお金も自然と集まってきますが、笑顔のない人の所からは逃げ出してしまいます。三年先、五年先の自分に会った時に素敵な笑顔しているねって言われる様に、今日からスタート、明るく、さわやか、笑顔で接しましょう。きっと素敵な明日が訪れますよ。

著者プロフィール

北 星吾（きた せいご）

本名、安達茂博。
山口県萩市出身、萩高校卒。大学時は福岡にて学ぶ。
㈱ジュンテンドー勤務（店長、バイヤー職を経験）後、益田自動車学校（技能、学科指導員）等を経て、現在は旅行代理店（萩、津和野、益田）経営。
スマイル教室（笑香村塾塾長）。

好きな人物・言葉
高杉晋作　後れても後れてもまた君たちに誓いしことを我忘れめや。
久坂玄瑞　世のよし悪しはともかくも、誠の道を踏むがよい、踏むがよい。

笑顔の風景

2022年5月15日　初版第1刷発行
2022年6月30日　初版第2刷発行

著　者　北 星吾
発行者　瓜谷 綱延
発行所　株式会社文芸社
〒160-0022　東京都新宿区新宿1－10－1
電話　03-5369-3060（代表）
03-5369-2299（販売）

印　刷　株式会社文芸社
製本所　株式会社MOTOMURA

ISBN978-4-286-23643-8